Josef Wenzig

Der neue Rath des Herrn Emil von Bardubic

Eine Tierfabel aus dem 14. Jahrhundert

Josef Wenzig

Der neue Rath des Herrn Emil von Bardubic
Eine Tierfabel aus dem 14. Jahrhundert

ISBN/EAN: 9783743604902

Hergestellt in Europa, USA, Kanada, Australien, Japan

Cover: Foto ©Andreas Hilbeck / pixelio.de

Weitere Bücher finden Sie auf **www.hansebooks.com**

Der neue Rath

des

Herrn Smil von Pardubic,

eine

Thierfabel aus dem 14. Jahrhundert,

nebst

dessen übrigen Dichtungen und einer Auswahl

aus

seiner Sprüchwörtersammlung.

Nach dem böhmischen Originaltext zum ersten Male
deutsch bearbeitet

von

Joseph Wenzig.

Leipzig,
Verlag von R. Weigel.
1855.

Vorwort.

Von der altböhmischen Poesie dürfte dem deutschen Publicum kaum mehr bekannt sein, als die königinnhofer Handschrift, aus welcher auch Goethe das „Sträußchen" übersetzte. Die Erzeugnisse böhmischer Poesie unter den Luremburgern verdienen die Aufmerksamkeit wohl nicht in geringerem Maße.

Als ein Stern erster Größe glänzt an dem damaligen Horizonte der Dichtkunst Herr Smil von Pardubic mit dem Beinamen Flaschka. Er gehörte zu den angesehensten Herren seiner Zeit, und war ein Neffe des berühmten, ersten Erzbischofs von Prag, Ernest von Pardubic, Freundes Karls IV. Sein Geburtsjahr ist unbekannt; doch geschieht von ihm in der Geschichte schon 1384 Erwähnung, so daß er damals bereits ein erwachsener Mann sein mußte. Im J. 1395 trat er in den Herrenbund, der sich rüstete, die Rechte seines Standes gegen Wenzel zu vertheidigen. Durch die von Sigmund zwischen seinem Bruder Wenzel und den böhmischen Herren im J. 1396 gefällte Entscheidung wurde er zum Oberstlandesschreiber des Königreichs Böhmen ernannt, welche Würde er, obwohl nicht ohne Unterbrechung, bis zu seinem Tode bekleidete. In den vielfältigen Wirren und Stürmen jener Zeit war er mit anderen Herren auf Sigmunds Seite, und gerieth dadurch in häufige Fehden mit den böhmischen Städten. In einer solchen Fehde mit den Bürgern von Kuttenberg, die König Wenzel auch in seiner Gefangenschaft zu Wien ergeben blieben, fand er zwischen Kuttenberg und Caslau seinen Tod 1403. Auf seine hervorstechende Bildung läßt nebst dem von ihm bekleideten Amte auch der Umstand schließen, daß er an der Hochschule zu Prag den Grad eines Baccalaureus erlangte. Dies aber sind alle Nachrichten über ihn, die auf uns gekommen.

Es werden ihm fünf Werke zugeschrieben: **eine Sammlung altböhmischer Sprüche und Sprüchwörter — der neue Rath — des Vaters Rath — der Streit des Wassers mit dem Weine — der Stallmeister und der Schulcandidat.** Bloß von den ersten zweien ist es ganz ausgemacht, daß sie ihm angehören; doch tragen die letzten drei die Spuren seines Wesens so deutlich an sich, daß über ihren Urheber kein Zweifel sein kann.

Es wird hier dem deutschen Publicum hauptsächlich der „neue Rath" geboten, eine Dichtung, in welcher nebst dem Löwen vierundvierzig Thiere redend auftreten.

Sie sollte wahrscheinlich ein Rath sein für den jungen König und Kaiser Wenzel, als er, mit natürlichen Anlagen reichlich ausgestattet, so daß sich damals noch trotz seinen schon bemerkbaren Fehlern Bedeutendes von ihm hoffen ließ, nach dem Tode seines Vaters Karl IV. die Regierung antrat. Andeutungen von Wenzels Charakter, so wie Anspielungen auf Karl IV. und dessen Vorgänger Johann von Luremburg, sind in der Dichtung nicht zu verkennen. Warum aber die Dichtung gerade den Namen des neuen Rathes führe, ob in Bezug auf den vielleicht früher bekannt gewordenen, hier beigegebenen, Rath des Vaters, oder in Bezug auf eine ähnliche Arbeit eines andern Verfassers, oder weil die Sache überhaupt etwas Neues hatte, läßt sich, so wie die näheren Umstände der Dichtung, nicht mehr ermitteln.

Ihr Kunstwerth ist nicht sowohl in die Erfindung, als vielmehr in die Zusammenstellung, Behandlung und Ausführung zu setzen. Was die Erfindung betrifft, so mochte diese dem Dichter durch die Fabel, welche schon lange vorher in Böhmen gepflegt wurde, und durch die weit verbreitete, vielleicht indoeuropäische, Thiersage gegeben sein. Aber wie schön ist die Arbeit angelegt! Wie interessant entfaltet sich allmählig das Ganze, und schürzen und lösen sich die einzelnen Knoten! Welch lebendiger Kampf der Parteien von wahrhaft dramatischer Wirkung! Wie mannigfaltig sind die Rollen, wie zweckmäßig zur Durchführung der Idee vertheilt; wie psychologisch wahr die Charaktere, oft nur mit einigen Strichen, und wie fest und sicher gezeichnet! Wie weiß der Dichter die verschiedensten Töne des Scherzes und Ernstes, vom spielendleichten bis zum tragischgewichtigen, zu beherrschen! Wie sinnig und gemüthlich ist er, und wie witzig und satyrisch dabei! Wie fügsam und willig gehorcht ihm die Sprache von der Ausmalung bis zur sprüchwörtlichen Kürze! Und nirgend etwas Gesuchtes, Gezwungenes, Geschraubtes; überall, im Derben, wie im Zarten, unverdorbene, kerngesunde Natur.

Nebst ihrem Kunstwerthe besitzt aber die Dichtung auch **historische Bedeutung**. Ich meine nicht jene historische Bedeutung, die oft auch unerheblichen Schriften zukommt, inwiefern sie ohne alles Zuthun des Verfassers, da sich kein Schriftsteller den Einflüssen seiner Zeit ganz entziehen kann, ein gewisses Zeitgepräge an sich tragen, sondern jene historische Bedeutung, die der Verfasser mit Bewußtsein und Absicht in sein Werk legt. Dazu war unserem **Smil von Parbubic** auf seinem hohen Posten allerdings die Möglichkeit geboten. Er hatte da hinlängliche Gelegenheit, seine Mitwelt genau kennen zu lernen, mit ihr in die mannigfaltigsten Berührungen zu kommen, sich eine vollkommene Ein- und Uebersicht zu verschaffen. Für seine Zeitgenossen mußte in dieser Hinsicht sein literarisches Product natürlich noch größeres Interesse haben, als für uns; denn wie unter dem Löwen der junge König Wenzel vorgestellt wird, so stecken vermuthlich hinter den übrigen Thieren andere damals lebende Personen verborgen, und Smil's Zeitgenossen mögen so manche Beziehungen bekannt gewesen sein, die uns gegenwärtig nicht mehr klar sind. Allein dessen ungeachtet besitzt der „neue Rath" auch für uns des historischen Interesses genug. Wir sehen Böhmen in seiner ganzen damaligen Verfassung, in seinen äußeren und inneren Beziehungen, seine Aemter und Stände, seine Sitten und Gebräuche, die Vorzüge und Mängel des Zeitalters. Das Werk liefert ein sprechendes bis in seinen Zügen, Linien und Punkten, bedeutsames Gemälde.

Womit aber der Dichter seinem Werke die Krone aufsetzt, das ist dessen **sittliche Tüchtigkeit, die sich mit weiser Lebensklugheit paart**; denn welchen selbstständigen Werth auch ein Kunstwerk für sich, als schöngeistiges Product, besitze, das unterliegt doch keinem Zweifel, daß jedes Menschenwerk, je mehr Vorzüge es in sich vereint, um desto vollkommener ist, und daß sittliche Bedeutung der höchste Vorzug, den es mit seinen übrigen Vorzügen vereinen kann. Das Horazische Sprüchlein: „Omne tulit punctum, qui miscuit utile dulci" bleibt unwiderlegbar, wenn es gehörig aufgefaßt wird. Doch ist die Sittlichkeit, die sich in dem „neuen Rathe" ausprägt, keine metaphysisch-ideale, sondern mehr eine verständig-praktische, die sich daher auch gern in körnigen Sprüchwörtern äußert, aber gleichwohl eine voll tiefer Wahrheit, aus des Herzens Grunde geschöpft nach bestandener Feuerprobe der Erfahrung. Es sind in dem „neuen Rathe" Grundsätze und Ansichten zu einer Perlenschnur an einander gereiht, Grundsätze und Ansichten, die von Regenten und jedermann alle Beherzigung verdienen. Als Zugabe erscheint hier das Uebrige. Daß bei „des Vaters Rath" dem Verfasser vielleicht der „Winsbeke" zur Hand gewesen, will ich nicht in Abrede stellen; doch ist der wesentliche Unterschied zwischen beiden Werken zu groß, als daß Smil's Dichtung nicht mit vollem Rechte für eine selbstständige gelten sollte. „Der Streit des Wassers mit dem Weine" und „der Stallmeister und der Schulcandidat" sind zwei naivkecke, jedoch harmlose Humoresken; das zweite Werk ein so recht aus dem Leben gegriffenes, markiges Zeitbild. Die Sprüche und Sprüchwörter liefern einen wichtigen Beitrag zur Charakteristik des böhmischen Volkes, aus dessen innerstem Kern der ganze Smil mit seinem halb schwerernsten, halb leichtscherzenden Wesen herausgewachsen ist.

Was hier geboten wird, ist keine wörtliche Uebersetzung, sondern eine Bearbeitung, bei welcher ich mir erlaubte, die mittelalterliche Weitschweifigkeit zu kürzen, und hier und da, nach Goethe's Beispiel, die Aufeinanderfolge zu ändern. Sinn und Eigenthümlichkeit nicht zu verwischen, war ich gewissenhaft bestrebt. Das böhmische Original findet sich im „Výbor z literatury české" Th. I. Prag 1845.

Der Bearbeiter.

Der neue Rath.

Der König Leu zu einer Zeit
Entsandte Boten weit und breit
Nach seinen Fürsten und seinen Herr'n
Bis hin in die entlegenste Fern':
Die großen Thiere, wie die kleinen,
Sollten vor seinem Thron erscheinen.
Und er beschied auch den edlen Aar
Mit seiner unzähligen Vögel Schaar,
Die durch den König ihm dienstbar war.

Da kam der Adler ohne Verzug
Mit dem Gevögel in raschem Flug,
Und auch die übrigen Thier' in Haufen
Kamen gesprungen und gelaufen,
Und ordneten sich in weitem Kreis,
Gehorsam zu lauschen des Königs Geheiß.

Der König den edlen Aar empfing
Mit hohen Ehren, ihn gnädig umfing,

Und schaute vergnügten Blicks das Gedränge
Der rings um ihn versammelten Menge.
Dann aber winkt' er mit der Hand,
Um zu verkünden, warum er gesandt.
„Vernehmt mich", begann er laut, „und hört,
Ihr Fürsten und Herr'n, auch Ritter werth!
Denn ich weiß, daß ihr mir treu ergeben,
Wie meinem Vater durchs ganze Leben,
Der jetzt zwar ruht bei den Todten schon,
Doch, als er noch wallte mit Scepter und Kron',
Von eurem Rath erleuchtet, geführt,
Gar glorreich hat die Welt regiert:
Das ist bekannt in allen Gauen,
Die Völker haben zu euch Vertrauen.
Ihr seht, noch bin ich ein König jung;
Drum möget ohne Zögerung
Zu Hülf' ihr kommen meinen Jahren,
Und euren Rath mir offenbaren,
Wie ich zu meines Reichs Gedeih'n
Wohl könnt' ein trefflicher Herrscher sein,
Und mein' und eure Ehre wahren."

Darauf, nachdem die Rede geendet,
Der König sich zum Adler wendet:
„Wohlan! Zu rathen beginne du,
Das steht mit Fug und Recht dir zu."
Der Aar doch zögert zu beginnen,

Scheint anderes im Busen zu sinnen,
Er spricht: „O Herr, erlaß mir die Pflicht!
Bin ja bei weitem der Klügste nicht.
Du hast so viele in diesen Schaaren,
Die in der Welt weit mehr erfahren.
Was soll die Kerz' im Sonnenlicht!"
Der König drauf: „Mein edler Aar,
Was zögerst du? Ei Freund, fürwahr,
Nicht will ich deines Raths entbehren!
Drum künde, was meinen Ruhm könnt' mehren!"
Da drangen auch die andern in ihn,
Und wünschten, er möge sich nicht entzieh'n,
Und als sie alle riefen und drangen,
Begann er kühn und unbefangen.

Der Adler.

Mein Herr und König! Weil du's begehrst,
Und gnädig meine Worte hörst,
So sei darauf vor allem bedacht,
Und sorgsam nimm es stets in Acht,
Es sei im Glück, in Trübsals Schmerzen:
Daß du bewahrest Gott im Herzen.
Denn er vor so vielen in der Welt
Hat dich auf solche Höh' gestellt,
Und Güter dir und Ehren geschenkt,
Weil seine Macht das Ganze lenkt;
Denn er kann geben und nehmen wieder,

Lebendig machen und tödten die Glieder,
Dich führen zu Himmels Seligkeit,
Und auch verderben für alle Zeit.
Drum fürcht' und ehr' ihn mit frommem Sinn,
Furcht Gottes ist der Weisheit Beginn.
Doch fürcht' ihn nicht nach Art der Thoren,
Der Knechte, die feig den Muth verloren,
Der Sünder gar — nein thu's in Liebe!
So liegt's ja in des Menschen Triebe,
Daß, ob er Greis sei oder Kind,
Wo einen holden Freund er gewinnt,
Er ohne Falsch aufrichtig ihn liebt,
Für Gutes Dank zurück ihm gibt;
Und welch Geschöpf hätt' aus Gottes Händen
Erhalten nicht die reichsten Spenden!
Wie bist du selbst durch ihn beglückt!
Doch weil er mit Gaben dich so geschmückt,
So sei nicht karg mit dem, was du hast,
Und hüt's nicht ängstlich als todte Last:
Von dem, was dir zufällt, gib auch andern,
Laß deine Fülle die Länder durchwandern;
Denn Geiz nicht stehet dem Herrscher an,
Besser, freigebig wohlgethan,
Und hast du Ehre vor Gottes Thron,
Ist ja der größte Reichthum dein Lohn.
Dies, König, wollt' ich kurz dir sagen,
Verzeih' mir solches kühne Wagen.

Und was ich in schlichter Einfalt rieth,
Führ' es in Gnaden dir zu Gemüth!

Die Rede war nach des Königs Sinn,
Blickt' auf den Adler freundlich hin,
Und sprach: „Mein Aar, nicht entschuld'ge dich!
Hab' Dank! Hier setze dich neben mich!
Nie will ich vergessen, was du gerathen,
Und stärke mich Gott zu wackren Thaten!"
Darauf zum Leoparden gekehrt:
„Und welchen Rath dein Mund beschert,
Du, der mir nicht minder theuer und werth,
Der meinem Throne so treu ergeben,
Stets fertig, zu schützen mir Gut und Leben?"

Der Leopard.

Mein König, ich lobe vom Herzensgrund,
Was du gehört aus des Adlers Mund.
An deinem Beispiel alles liegt,
Das jedes andre überwiegt,
Und darum mußt an Gott du halten,
Um aller Tugenden Flor zu entfalten.
Doch dir's zu erleichtern, sei's dein Streben,
Nicht mit schlimmen Räthen dich zu umgeben:
Sie bringen dich in Verruf bei den Leuten,
Die dir's dann, und nicht ihnen, deuten:
Die bösen Rather halt' sie fern,

Nach seinem Diener nimmt man den Herrn.
Und wähle der Rather dir nicht viele,
Laß Fremde und Pagen aus dem Spiele:
Wo viele Köpfe, da gibt's viel Streit,
Ist keine rechte Einigkeit,
Und Unheil wächst früh oder spat:
Ein weites Reich, 'nen engen Rath.
Doch nach der Berathung, dann magst im Saale
Du sitzen beim königlichen Mahle,
Wo edle Gäste sich um dich reih'n,
Lad' auch der Kirche Prälaten ein,
Und verlangt dann jemand bei dir Gehör,
Sei freundlich, daß sich die Welt nicht beschwer',
Und nie sei, was du einmal versprochen,
Nach Kaufmannsart von dir gebrochen:
Ueber jedes Wort sei Königswort,
Im Schwanken der Ding' ein fester Hort!
Dies mein' ich, o König, zum Heil dir und Frommen;
Doch sind viel' andre auch gekommen,
Und harren, bis jetzt noch unvernommen.

Der Falke.

Es meldete sich der Falk sogleich:
Ja, König, sei hold und gnadenreich,
Und laß die Deinen nicht bedrücken;
Doch mußt drum über die Gränze blicken.
Wenn die Bedrückung von dorther droht,

Gewalt sie üben mit Feuer und Tod,
Wenn sie durch Hochmuth es verschulden,
Dann darfst du's bei deiner Ehr' nicht dulden.
Fall' über sie her in deiner Macht,
Und bezwinge sie, noch eh' sie's gedacht;
Doch wenn sie dir willfährig sich beugen,
Mög'st wieder hold dich ihnen bezeigen.
So greif' stets weiter in Zorn und Gnad'
Rundum bis zu des Meeres Gestad!

Der Bär.

Aus jedem sein eigen Wesen spricht,
Es trifft die andern mein Tadel nicht.
Ich, König! kann dir den Rath nur geben,
Nach deinem Gefallen stets zu leben.
Süß getrunken und süß gegessen dazu,
Auch fleißig gepflegt der süßen Ruh,
Und wem's von den Deinen nicht recht sein mag,
Versetz' ihm einen derben Schlag,
Daß er schweige oder zerschell' zu Splittern;
Vor deinem Willen sollen sie zittern,
Und was du thust, das sei gelobt:
Dadurch sich ein tüchtiger König erprobt.

Der Kranich.

Mein Rath ist: Sei mehr zum Hören bereit,
Als zum Sprechen in Voreiligkeit!
Das Sprechen hat schon viel Schaden gemacht,

Das Schweigen selten noch Reu' gebracht.
Wer die Kunst zu reden lernen will,
Der übe sich früher zu schweigen still.
Zwei Ohren hat jeder, nur einen Mund,
Er höre mehr, als er sprech', ist der Grund.
Laß andre lärmen, wie's ihnen gefällt,
Du schweig' und merk', was die Red' enthält.
Kitzlich Ding vom König gesprochnes Wort,
Es klingt noch nach Jahrhunderten fort,
Es wandert bis in das zehnte Land,
Bleibt selbst in Rom nicht unbekannt.
Sprich wenig, aber handle viel,
Das fördert dich zu deinem Ziel.
Sieh nach, wie's an deinem Hof hergeht,
Bei den Aemtern dort in Ordnung steht;
Denn nah betrifft das deine Ehre,
Mußt sorgen, daß dein Ruhm sich mehre.
Und sehn sie, du sehest fleißig nach,
Trägt's gute Früchte mannigfach.
Mög'st weiter forschen und nicht leiden,
Daß ungerecht die Richter entscheiden,
Damit nicht die Witwen und Waisen und Armen
Gekränket aufschrei'n um Erbarmen,
Und die Schuld mit ihrer Schwere sich
Nicht wälze, mein junger König, auf dich;
Denn zumeist durch deiner Gerichte Walten
Uebst du die Macht, die von Gott du erhalten.

Der König lobte den Kranich sehr,
Er schätzt' ihn schon früher, nun noch mehr;
Dann blickt' er nach andren im Kreis umher.

Der Wolf.

Wer Tüchtiges möcht' in der Welt vollbringen,
Leid' Hunger nicht vor allen Dingen;
Kann's aus der eignen Erfahrung sagen,
Der Muth, die Kraft kommt von dem Magen.
Und was, o König, hindert dich?
Kein größrer Herr ist sicherlich,
Kannst überall nehmen, was dir beliebt;
Drum wink' nur, wo's zu thun was gibt,
In Höfe brech' ich, in Kammern ein,
Und bringe dir Bissen, die dich freu'n.
Komm' dann, wer mag, um Klage zu führen,
Du weis' ihn weg von deinen Thüren;
Wer den Schaden hat, trägt die Schuld,
Verschwend' an ihn nicht deine Geduld.
Auch sind wir Wölf' im ärgsten Falle
Zum offnen Kampf gerüstet alle,
Und wen wir umschweifen, den faßt Graus,
Seh'n furchtbar in unsren Kapuzen aus.

Der Geier.

So lob' ich mir's! Auch forsch' umher
Nach Todten in die Läng' und Quer',

In welchem Hause wer verstorben,
Der groß Besitzthum sich erworben.
Dazu taug' ich, und thu' es gern,
Wittre die Leich' schon aus der Fern',
Und zeig' es an mit grellem Pfeifen:
Da gilt's bei der Erbschaft zuzugreifen.
In der Landtafel ohnehin
Verwirrung herrscht, uns zum Gewinn,
Wenn vieles Gut wird hinterlassen:
Wir können erraffen und verprassen.

Und gesprochen hätt' er noch länger fort,
Allein der Löwe hemmt' ihm das Wort.

Der Hirsch.

Gleich war der Hirsch zu sprechen bereit:
O König, meide Kampf und Streit,
Und liebe die Friedfertigkeit!
Der Friede hat gar hohen Werth,
Ein jeder zuletzt nach ihm begehrt.
Sieh deine Väter, wie erlesen
Und herrlich sie durch Frieden gewesen,
Wie keinen Guten sie gegrämt,
Die Willkühr nur der Bösen gezähmt,
Und nachgelassen ein Angedenken,
Dem die Jahrbücher Bewundrung schenken,
Und das mit dankerfüllter Brust

Die Völker heut noch segnen in Lust.
In ihren Stapfen mög'st du wallen,
Um gleichgepriesen zu sein von allen.

Der Hase.

Wo nicht Gefecht und Balgerei,
Da bin auch ich recht gern dabei.
Und König merk': Der kluge Held
Sich auch den Rückzug offen hält,
Und wer am Ende nicht siegen kann,
Bei dem kommt's doch aufs Laufen an.

Der Papagei.

Wer immer nur will, daß sich sein Wille
Im Laufe dieser Welt erfülle,
Dem wird er nimmer sich erfüllen,
Und er vergeudet nur seinen Willen.
Drum rath' ich dir, ergib ihn Gott,
So wird er nicht zu Schand' und Spott:
Gott wird ihn wahren und ihn mehren,
Und ihn zu deinem Besten kehren.

Das Eselein.

Wo hohe Herren zu tagen beschlossen,
Bin ich mit Vettern und Genossen
Zu solcher Ehre selten erkoren,
Man spottet unsrer langen Ohren.
Nun, meine Last, wenn sie auch nicht klein,

Zu tragen, muß gefaßt ich sein.
Auch, König, du hast auf deinen Rücken
Eine Last genommen, schwer zum Erdrücken,
So trage sie geduldig auch
Nach meiner Sitt' und meinem Brauch.
Die große Würden auf sich nehmen,
Müssen sich alle dazu bequemen;
Nur daß sie's manchmal bequem sich machen,
Des Leibes pflegen vor andren Sachen,
Und nicht drauf achten, wo jemand schon
Gestolpert unter Feindeshohn,
So daß sie Schaden dadurch erfahren.
Davor, gleich mir, mög'st du dich wahren!

Die Taube.

Nicht fasse dich der Jähzorn wild,
Der deine Brust mit Rachgier füllt,
Und stachelt zur Ungerechtigkeit;
Den Richter ehrt Besonnenheit.
An dich halt, wenn dich Zorn ergrimmt;
Denn, wie am Holz die Gluth entglimmt,
So auch der Zorn sich nährt am Wort,
Und drängt zu schweren Thaten fort.
Drum ist's am besten dann, nicht gesprochen,
Bis sich der Zorn in dir gebrochen,
Und stets der Sanftmuth denk' und Huld,
Die Gott ausübt an unsrer Schuld.

Das Lamm.

Laß dich auch nicht vom Hochmuth bläh'n,
Der Engel einst gestürzt von den Höh'n;
Die Demuth ist die größte Zier,
In welcher der Herr gewandelt hier,
Bis er durch sie, der Erd' entnommen,
Zur höchsten Herrlichkeit gekommen.

Der Fuchs.

Mein theu'rer König, in Ruhmes Prangen
Aus Königsblut hervor gegangen,
Bist schön, bist jung, hast im Ueberfluß,
Was nur das Herz begehrt zum Genuß,
Bist auch so klug, so gelehrt und weise,
Wozu da die vielen Rather im Kreise?
Die großen Herren, die du berufen
Vor deines erhabenen Thrones Stufen,
Sie wollen ja nur ohnehin,
Du sollest handeln nach ihrem Sinn,
Und belügen dich noch obendrein.
Wozu soll diese Fessel sein?
Entlaß sie, und handle, wie dir's beliebt!
Und brauchst du just wen, der Rath dir gibt,
So hast du uns kleine. Wir wollen späh'n,
Und genau dir berichten, was gescheh'n;
Und vertraust du uns was, wir wollen's bewahren,
Es keiner Seele offenbaren,

Und spähen vom neuen willig nach,
Und vertrau'n dir's wieder im stillen Gemach.

Da gab dem Fuchse das Mardergeschlecht,
Und die Otter, und manche andre noch Recht.

Die Weihe.

Zum Ritter, zum Helden dich aufgerafft,
So lang' noch in dir der Jugend Kraft;
Sie blüht nur ein Mal, kehrt nicht wieder,
Im Alter erstarren deine Glieder,
Und thust du nicht bei Zeiten dazu,
Vergehst du kümmerlich in der Ruh!

Der Pfau.

Kleid' dich in kostbare Gewande,
Wie es sich ziemet deinem Stande;
Es möge dein Aeußres schon bezeugen,
Welch' hohe Würde vor allen dir eigen.
Da hält das Volk auf den offnen Straßen,
Und schaut und staunet über die Maßen,
Und mit dem Staunen ob deiner Pracht
Wächst auch dein Ansehn, deine Macht.

Das Pferd.

Ja, Prunk und Staat und lustig Turnei,
Wo die allerschönsten Frauen dabei!

Wenn da die Ritter in blanker Wehre
Erscheinen auf dem Feld der Ehre,
Wie einem das Herz im Leibe lacht,
Und wie der Muth zum Kampf erwacht!
Schon rennen sie auf einander los,
Sie schlagen und stechen, Geschrei und Tos,
Der eine unter Jubel siegt,
Der andre dort im Staube liegt,
Und der Boden von dem Getümmel zittert,
Als hätt' ihn des Donners Gewalt erschüttert,
Und es erschallt der Trompeten Ton,
Und dem Sieger lächeln die Frau'n vom Balkon:
Da bleibst gewiß auch du nicht sitzen,
Und mengst dich hinein, wo die Waffen blitzen!

Der Igel.

Versorg' auch deine Burgen und Vesten,
Im Sommer thust du das am besten:
Füll' sie mit Salz, Fleisch, Wein und Brod,
Daß sie ausdauern in Fahr und Noth.

Der Luchs.

Beim Sturme doch, wie im offnen Feld,
Sei jeder auf seinen Platz gestellt,
Geordnet schreite zum Angriff hin;
Du aber wolle voran nicht zieh'n.
Und flieht der Feind in den Wald zerstreut,

Verfolg' ihn dort höchstens drei Schritte weit;
Könnt' leicht vorbrechen aus den Verstecken,
Und dich mit Schimpf und Schmach bedecken.

Der Biber.

Vor allem andern erquickend Bad
In lauer Welle ist mein Rath.
Am Wasser im Thal bau' deine Schlösser,
Aus Steinen nicht, aus Holz ist's besser;
Sind sie auch leicht beschädigt, zerschellt,
Sind leicht auch wieder sie hergestellt.

Die Schwalbe.

Bau' nicht am Wasser, in Sumpf und Morast,
Bau', wo gesündre Luft du hast,
Auf festem Grund und mit Mörtel und Stein,
Dem Werke Dauer zu verleih'n.

Die Gans.

Ich rathe dir, dich umzuschau'n
In den Gärten und auf den Au'n.
Es ist ergötzlich, so zu spazieren,
Nur darfst du dich nicht zu weit verlieren;
Eine Meil' aufs höchste dich entfern',
Dann kehre wieder nach Hause gern,
Und daß auf dem Weg kein Durst dich plage,
Ein Fläschchen Wein stets bei dir trage.

Die Lerche.

Sei heiter und bleibe bei frischem Muth,
Ergeht es dir auch nicht immer gut;
Es kann auf der Erde nicht anders sein,
Da wechselt Regen mit Sonnenschein.
Tief unter uns die Hölle klafft,
Wo das Elend waltet grausenhaft;
Hoch über uns breitet der Himmel sich,
Wo die Freude wohnt gar wonniglich,
Und zwischen die Höllen= und Himmelswelt
Ist unsre Erd' in die Mitte gestellt.
Es ist auf ihr nicht so wonnig und schön,
Wie dort in des Himmels goldnen Höh'n;
Doch ists auf ihr auch so traurig nicht,
Wie dort in der Hölle ohne Licht.
Sei heiter drum, und nimm vorlieb,
Und nicht übers Kleinste dich gleich betrüb',
Und wird dir zu bang im Weltgetümmel,
So blick' empor zum blauen Himmel!

Die Nachtigall.

Hab' immer gern um dich Gesang
Und süßer Instrumente Klang,
Wo sich zum Ganzen bunter Art
Einig ein Ton mit dem andren paart;
Besonders, wenn die Frühlingszeit
Den Strauch belebt, den Menschen erfreut,

Und wenn mit Blumen allerlei
Das ganze Land verklärt der Mai,
Wenn der Wind in sanftem Fluge zieht,
Und hold erschallt der Vögel Lied,
Des Tags, bei Nacht, im Morgengrau,
In Wald und Hain, auf Feld und Au.
Das spricht gewiß auch zu deinem Herzen,
Und lindert deine Sorgen und Schmerzen.
Und wenn dein Herz erleichtert schlägt,
Und froher sich dein Blut bewegt,
Vergiß nicht, dem auch Dank zu bringen,
Der dich erquickt mit dem Blühen und Klingen!

Die Nachtigall hatte kaum geendet,
Ward vom Stieglitz und Zeisig Lob ihr gespendet,
Und lustig schmetternd stimmten die Reih'n
Der sämmtlichen kleinen Vögelein
In das Lob und den Preis der Nachtigall ein.

Der Auerhahn.

Den höchsten Genuß auf Erden gewährt
Ein Leben gänzlich ungestört:
In Bergen und Felsen, nicht im Gefild,
Wo nichts verdeckt und nichts verhüllt;
In Wäldern, wo Dunkel das Licht verschlingt,
Wohin kein Späherauge dringt.

Die Nachteule.

Willst du erwünschter Ruh' genießen,
Befiehl dein Haus bald zu verschließen:
Da kannst du rechnen und halten Rath,
Und, wenn auch die Mitternacht schon naht,
Bei frohem Gelage dich ergetzen,
Und dich mit allerhand Dingen letzen
Bis zum aufdämmernden Morgenlicht;
Es sieht's ja niemand, man weiß es nicht.

Das Schwein.

Warum solls niemand sehen und wissen?
Warum nur in Nacht und Finsternissen?
Du bist der König, du hast die Macht,
Thu' alles, wornach die Lust erwacht;
Du brauchst dich am T a g e nicht zu schämen,
Und nichts braucht deinen Willen zu lähmen.

Und mehr noch sprach das abscheuliche Thier,
Sich nicht entblödend voll schmutziger Gier;
Doch will ich davon kein Wort berichten,
Es freute des Guten Ohr mit nichten.

Das Einhorn.

O laß es, mein König, gesagt dir sein,
Und halte den Leib dir fleckenrein;
Wer seine Unschuld hat verloren,

Sie wird von ihm nicht zurück beschworen.
Drum halt auch deine jungen Gedanken
Stets in der Züchtigkeit Maß und Schranken,
Und sei den Engeln im Himmelreich
An reinem, keuschem Sinne gleich.

Die Turtel.

Es gibt auf Erden dreierlei Stand,
Jedweder schlinget ein heilig Band:
Den Ehestand, den Witwerstand,
Und den Stand der Keuschheit, mit Ehren genannt.
In einem von ihnen sollst du leben,
Dich einem der drei Band' ergeben.
Und hast du den Ehestand erwählt,
So leb' in ihm, von Gott beseelt;
Doch sollt' ein Wandel darin geschehen,
Wolle nicht wieder freien gehen,
Als Witwer lebe zu Gottes Preis:
Heil dem, der sich zu zähmen weiß!

Der Hahn.

Ich rathe dir, König, schlaf' nicht lang,
Und fröhne nicht des Leibes Hang;
Im langen Schlaf ist Teufels Fünd',
Er führt dich im Traum von Sünd' zu Sünd'.
Früh auf, früh auf, und an's Geschäfte,
Daß dich die Trägheit nicht entkräfte;
Und all die Schläfer, weck' sie auf,

Und bringe sie in Gang und Lauf,
Mit Wort und That, durch gute Zucht:
Das trägt dem ganzen Reiche Frucht.

Der Staar.

Nicht weile zu viel für dich allein,
Mags daheim, in der Stadt, zu Felde sein;
Unter die Fürsten, die Ritter und Herr'n,
Und unter das Volk auch misch' dich gern:
Mög' allen das Haupt recht sichtbar werden,
Dem sie, als höchstem, gehorchen auf Erden.
Merk' auch, wie jeder die Worte stellt,
Wie dies, wie jenes Liedlein gefällt,
Und lern' so deine Rede gestalten,
Wie du es brauchst bei deinem Walten.

Das Eichkätzchen.

Die Ameis' habe stets vor Augen,
Wie sie Schätze sammelt, die ihr taugen:
So sammle, während du jung noch bist,
Auch du dir, was dir von Nutzen ist,
Was kein Dieb dir stiehlt, kein Rost verzehrt,
Und auch nicht Schab' und Mott' zerstört.

Der Affe.

Mußt dich umtreiben in allen Sachen,
Auch lernen zaubern und Gold machen,
Und allerlei Sprachen, die unbekannt,
Das Wappen von jedem fremden Land;

Mußt dich in alle Ding' einlassen,
Mit jedem Handwerk dich befassen,
Und sagen sie, du verständest's nicht,
Dich kümmre nicht, was ein andrer spricht.
Auch Kleider von neuem Stoff und Schnitt,
Gleich schaff' sie dir an, und putz' dich damit.

Der Greif.

Nach Geld, nach schimmerndem Gelde strebe,
Daß sein Anblick dein Herz mit Lust durchbebe:
Erprunken soll es mit stolzem Strahl
In deinem Gemach, in deinem Saal.

Die Meise.

Was ist an den Gütern dieser Erde!
Sie bringen nur Unruh' und Beschwerde;
Sie gleichen des Hagdorns scharfen Spitzen,
Woran sich wund die Glieder ritzen.
Und wird auch dem Leib im Schlafe Frieden,
Der Seel' ist keine Ruh' beschieden:
Nach mehr verlangt sie noch im Traum,
Und doch vergeht, was gewonnen kaum.
Drum Thoren sind, die der Habsucht dienen,
Es ist der Himmel nicht mit ihnen;
Wer wenig begehrt, ist der freiste Mann,
Den kein Verlust betrüben kann,
Und hat er Gottes Wohlgefallen,
So hat er das höchste Gut von allen.

Das Dechslein.

Erwäge zuvor gewissenhaft,
Dann aber setz' es durch mit Kraft,
Und keiner Macht soll es gelingen,
Von solchem Beschluß dich abzubringen.
Nur gute Absicht stets dich leit',
Sei lautre Wahrheit und Redlichkeit;
Doch dem Lobe aller mußt entsagen,
Kannst Guten und Schlechten nicht gleich behagen.

Die Krähe.

Sei auf die Zukunft stets bedacht,
Auf das, was folgt, bis die That vollbracht;
Du kannst dem Streiche leichter entgeh'n,
Den achtsam du voraus geseh'n.
Doch als Ziel zuerst das Nächste wähle,
Sieh nach, ob in deinem Hause was fehle,
In deiner Wirthschaft, auf deinem Feld,
Und tummle dich nicht in weiter Welt.
Was Neues weit dort über dem Meer,
Hörst in deinem Stübchen ohn' Beschwer.

Und dem Worte Beifall auch der Rab'
Und die Aelster, der Spatz und die Ammer gab.

Der Hund.

Hab' Wächter um dich, die dir getreu,
Besonders bei lust'ger Gasterei,

Wo sie schnuppern und wittern hier und dorten;
Des Nachts bewachen sie deine Pforten:
Wer sich die Vorsicht nimmt zum Wall,
Ist sicher vor Schadens Ueberfall.
Doch als einer der schönsten Zeitvertreibe
Die herrliche Jagd dir empfohlen bleibe.

Die Katze.

Brauchst Späher auch, die mit scharfen Blicken
Zum Dienste sich im Dunkel schicken;
Denn es ist der Mörder und Diebe Weise,
Daß sie bei Nacht herschleichen leise.
Die gilt's zu haschen gleich auf den Treppen,
Und sie vors Strafgericht zu schleppen.

Der Storch.

Doch sorge, daß des Gesetzes Rächer
Selbst ärger nicht, als die Verbrecher;
Daß sie, statt nach des Gutes Dieben,
Nicht nach dem Gut zu haschen belieben,
Und statt den Schuldigen zu stäupen,
Aufs Blut nicht den Unschuld'gen kneipen.
Wähl' Leute aus zu solchem Amt,
Die ehrlich und wacker insgesammt,
Daß sie die Räuber auf den Wegen,
Brandstifter und Mörder tilgen zum Segen,
Und ahnden jeglicher Bosheit Wüthen:
Gib Wölfen nicht die Schafe zu hüten!

Das Kameel.

O nimm dich barmherzig der Leidenden an,
Denen Härt' und Uebel wird angethan,
Und kannst du sogleich nicht Hülf' bescheeren,
So geh' und trockne mit Trost die Zähren:
Weit besser, den Fuß gesetzt in ein Haus,
Wo weinende Noth, als wo lachender Schmaus.
Halt überall auch vernünft'ges Maß,
Am allermeisten frommet das:
Weit eher, als zur Unzeit Viel,
Bringt Wenig zu rechter Zeit an's Ziel.
Sei weise! Der Thor liebt Weisheit nicht,
Wie die Eule scheut der Sonne Licht;
Du aber thu' es nicht gleich den Thoren,
Bei denen des Rathes Heil verloren.

Der Elephant.

Der Hölle Macht, der Hölle List,
Gar sehr um dich geschäftig ist,
Dich ins Verderben hinein zu ziehen:
Drum, willst den Schlingen du entfliehen,
Vor Augen habe deinen Gott,
Er macht die Hölle zu Schand' und Spott.
Auch in den Kindern, womit du gesegnet,
Werde der Hölle von dir begegnet;
Erzieh' sie in der Furcht des Herrn,
Dann bleibt die Hölle ihnen fern,

Sie kommen nie von der rechten Bahn:
Wie jung gewohnt, so alt gethan.

Das Wiesel.

Mög'st nur noch eines nicht vergessen,
Und nicht nach der Elle alles messen.
Es ist so mancher kleine Mann,
Der auch was versteht, der auch was kann,
Und, fehlt es ihm an Leibesgröße,
Durch seine Gewandtheit deckt die Blöße.
Drum sei der Kleine auch geehrt,
Besitzt er irgend einen Werth.

Der Schwan.

O König, o König, sieh vorwärts hin
Mit prüfendem Geist, mit ernstem Sinn,
Wohin dein Leben, wohin es fließt,
Wie's plötzlich vielleicht ins Grab sich ergießt,
Und wie jenseits des Grabs ein zweites Leben,
Wo du vom ersten mußt Rechenschaft geben!
O König, o König, sieh rückwärts hin
Mit prüfendem Geist, mit ernstem Sinn,
Ob du die unersetzliche Zeit
Auch immer dem wahren Guten geweiht;
Und hast du's nicht, so wein', so wein',
Und beginn' ein andres Wesen zu sein,
Wein' später noch oft, bis du's begonnen:
Wer in Thränen sä't, wird ernten in Wonnen.

Des Vaters Rath.

Ein weiser Vater, ein Biedermann,
Also zu seinem Sohn begann:
Mein Sohn, mir ward von Gott hiernieden
Gar hohen Alters Loos beschieden;
Doch dank' ich ihm, daß er so süß
Und labungsreich mich altern ließ,
Daß nicht ein Makel an meiner Ehre
Von eines Härchens Größ' und Schwere.
O möchtest du durch seine Gnad'
Im Leben wandeln auf gleichem Pfad!
Mein theurer Sohn, ich reiche dir
Dies Schwert und diese Lanze hier,
Die Hoffnung hegend, das Vertrau'n,
Einen Rittersmann in dir zu erschaun,
Der seines guten Namens denkt,
Nie selber ihn verletzt und kränkt,
Und vom Herzen wünsch' ich, daß der Segen
Des Vaters dir auf deinen Wegen
Mög' in der ganzen Fülle kommen.

Die Isak einst dem Esau genommen.
Doch daß es werde in der That,
Vernimm jetzt deines Vaters Rath!

Vor allem, Sohn, zu jeder Zeit,
Bei Tag und nächtlicher Dunkelheit,
Hab' deinen Gott vor Augen sein,
Und auch die liebe Mutter sein.
An seine Leiden denk' und Schmerzen,
Und seine Wunden nimm zu Herzen,
Und mit dem Kreuze nach Gebühr
Bezeichne die Brust in Demuth dir,
Voll Zuversicht, daß er dort throne,
Zwar leiblich nicht, doch ganz drin wohne.
Gib gern von deinem Gute her
Zu Gottes und seiner Heil'gen Ehr';
Mit Almosen, das du hier gegeben,
Häufst du dir Schätze fürs andre Leben.
Den Engeln ihren Preis auch zoll'
An jedem Tage andachtsvoll,
Und fleh' um Schutz der Heil'gen Schaar,
Daß du bewahrt bleib'st immerdar.
O Sohn, laß dir empfohlen sein
Ein gut Gewissen, schuldenrein;
Die Sünde kürzt des Lebens Tage,
Bringt Schmach auf Schmach und bittre Klage,
Und je länger die Seel' ihr Herberg beut,

Jemehr Verderben darin sie streut.
Drum, hast du dich mit ihr beladen,
Such' los zu werden bald den Schaden,
In der Beichte dich von ihm befrei',
Und Buße thu' voll wahrer Reu'.
So bleibst du gesund, bei muntrem Blute,
Es fehlt im Kampf dir nie an Muthe,
Und sammelst dir reichlich Ruhm und Ehr',
Sei's auf dem Festland oder dem Meer.

Zieht's dich dahin zu weltlichem Streben,
Sei dir der Rath von mir gegeben:
Wähl' dir ein tugendsames Weib,
Und dem in Treu' verbunden bleib',
In süßer Eh', die fleckenlos,
Als lebtest du in des Himmels Schooß,
Und nie in wilder Leidenschaft
Vergeude deiner Jugend Kraft;
Und wollen andre dich verführen,
Laß dich von ihrem Wort nicht rühren,
Fest widersteh' mit aller Macht,
Auf deiner Seele Heil bedacht.
Drum wohn' der Messe gerne bei,
Voll Andacht gegenwärtig sei,
Wenn würdig der Priester an heil'ger Stelle
Krieg führet mit den Mächten der Hölle;
Und ganz in Sehnsucht mög'st zerthaun,

Den Leib des Herren täglich zu schaun.
So wird schon hiernieden dein Glück sich mehren,
Gelangst zu Wohlstand und zu Ehren,
Und gegen aller Feinde Wuth
Bist du gerüstet, bestehst du gut.

Auch diesen Rath will ich dir geben:
Was du jemals sprichst und versprichst im Leben,
Ein jeglich Wort aus deinem Mund,
Nur lautre Wahrheit geb' es kund.
Um andre zum Leihen zu bewegen,
Daß sie dir borgen von ihrem Segen,
Sei nicht von dir verheißen, gelobt,
Was sich am Ende nicht erprobt.
Aufrichtig stets und offen und treu
Gegen jedermann dein Verhalten sei,
Nach deiner Kräfte Maß bemessen,
Auf das du nimmer sollst vergessen.
Und wer auf deine Redlichkeit baut,
Das Seine dir gläubig anvertraut,
Nicht täuschen sollst du ihn mit Lügen,
Um Hab und Gut wohl gar betrügen.
Hüte dich auch vor Schwätzerei,
Vor schlimmen Reden allerlei,
Womit du andre kannst verletzen,
Und selber schlecht dich wirst ergötzen.
Doch muntres Scherzen bei guter Zeit,

Unschuldig Wort der Heiterkeit,
Solch herzverjüngendes Verkehren,
Es kann's dir wahrlich niemand wehren.
Allein von bösarglist'ger Rede
Kommt es zum Hader und zur Fehde,
Wenn wer den eignen Vortheil wahrt,
Und nicht mit Schmähung andrer spart.
Darum, mein Sohn, enthalte dich
Von solchem Geschwätz sorgfältiglich;
Ein spitzig Wort, das die Zunge spricht,
Mit tausend andren gleicht sie's nicht;
Wer fremde Ehre niederschlug,
Ist sie aufzurichten nicht stark genug.
Zwar ist die Ehr' ein edler Hort,
Daß sie nicht kann schänden ein bloßes Wort,
Wird's dargethan nicht vor Gericht,
So nach Rittersatzung Urtheil spricht,
Und die That ist's und die Sünd' allein,
Die trübet ihren hellen Schein;
Doch wer leichtfertig sich nicht dran kehrt,
Wie viel sein Nam' und Leumund werth,
Von dem ist's gleichfalls schlecht gethan,
Schlägt er zu niedrem Preis sich an.
Wie hoch sich einer selber schätzt,
So hoch die Menschenwelt ihn setzt;
Und wofür sich einer selber gibt,
Dafür ihn die Welt zu nehmen liebt.

Drum, Sohn, zu Gott dem Herren fleh',
Daß deiner Ehr' kein Schade gescheh';
Was einmal geschehn ist und vollbracht,
Kein König es ungeschehen macht.
Gott selbst, der auf uns niederschaut,
Der die Erd' und auch den Himmel gebaut,
Und der herabgestiegen gar
Als Mensch zu uns Menschen wunderbar,
Uns zu erheben von unsrem Fall,
Und der allmächtig überall,
Gott selbst kann nichts machen ungescheh'n,
Was gescheh'n ist, sprach er, ist gescheh'n.

Rechtschaffen sei dein ganzes Walten,
Sollst mit guten Nachbarn Frieden halten,
Und nicht begehren in frevlem Muth
Wider alles Recht nach ihrem Gut.
Es frommt nur, redlich das Seine zu mehren;
Solch ein Besitzthum bringt zu Ehren,
Ansehn es allenthalben verleiht,
Und macht uns die Herzen dienstbereit.
Höhergestellten Achtung erweis',
So wie's desjenigen Geheiß,
Der sämmtlicher Würden hehre Zier
Austheilet auf der Erde hier,
Und, wie ich's und andre schon erlebt,
Auch Niedrige oft zu Fürsten erhebt.

Mit Gleichen auf gleichem Fuß verkehre;
Gegen Aermere dich mild bewähre,
Hilf ihnen freundlich mit deinem Rath,
Mit deiner Gunst und durch die That.
Freigebig sei, wie's geziemet sich,
Und nicht mit Geize martre dich;
Doch mög'st nicht zu freigebig sein,
Das rechte, weise Maß halt ein.

Wird dir ein Schade dann und wann
An deinem Gute angethan,
Nicht rechn' es dem Schädiger gleich zur Schuld,
Hab' sechzig Mal mit ihm Geduld.
Doch wenn er deinen Edelsinn
Mißbrauchen will zu schnödem Gewinn,
Ohn' Unterlaß, von Gier geblendet,
Die Blicke auf deine Habe wendet;
Dann leid's nicht, geh' ihm wacker zu Leibe,
Obs der, obs jener, und ihn vertreibe;
Auch der Satan hat aus dem Himmel gemußt,
Weil er stets nach Fremdem spürte Lust.
Doch die dir treuen Herzens bienen,
Erhöhen dich möchten, lohne ihnen,
Zeig' dankbar dich für ihre Müh',
Und bist du gestiegen, vergiß sie nie.
Der Hochmuth stehet übel an,
Die Ehre selbst mag ihm nicht nah'n,

Aus Furcht, er könnte sie stolz verjagen,
Wohl gar sie auf die Wange schlagen;
Und besäßest du Städt' und die reichste Hab',
Je höher du ragst, je mehr neig' dich herab.
Drum zeig' dich hold auch deinem Gesind,
Verfahr' mit ihm gütig und gelind,
Und, gesellet in zutraulichem Kreise,
Vergnüg' dich so auf frohe Weise.
Doch geh' in deiner Freundlichkeit
Gegen die Menschen nicht zu weit,
Daß du würdest etwa zu einem Schmeichler,
Zu einem falschböswill'gen Heuchler,
Nein, gegen jeden immerdar
Sei ohne Arglist bieder und wahr.
Auch darfst du nicht daheim stets liegen,
Mit träger Ruhe dich begnügen,
Gleichwie in seiner Höhl' ein Drach',
Der nur zum Raub hervorstürzt jach;
Halt auf ein sauber Waffengewand,
Und durchzieh' so zu Rosse Land für Land,
Dir einen Namen zu erringen
Durch mancher edlen That Vollbringen.

Sieh, daß du dir wahrest insgesammt
Die Freunde, die dir angestammt,
Von guter Sitte, edlem Wesen;
Sind ja zu deinem Heil erlesen.

Wer unbeständig fort und fort
Sucht neue Gunst an neuem Ort,
Gibt seinen Unwerth, Leichtsinn kund,
Richtet sich so zuletzt zu Grund.
Und bist du, gleichwie Ritter pflegen,
Umhergezogen auf fernen Wegen,
Wendest dich wieder zum Vaterherd,
Nachdem dir Glück und Ruhm beschert:
Nicht kehre dann mit stolzen Blicken
Aermeren Freunden deinen Rücken,
Zieh' sie an dich auf holde Art,
Ruh' aus mit ihnen von deiner Fahrt;
Und sind sie von Mächtigeren bedroht,
Hilf ihnen aus der klemmenden Noth,
Sonst würdest du Schuld aufs Haupt dir laden,
Und deiner Ehre wahrlich schaden.

Sei nichtigem Zank und Hader feind
In der Genossenschaft, in der Gemeind',
Um ja nicht deiner Getreuen Schaaren
Zu opfern unrühmlichen Gefahren.
Verlangt es dich nach Kampfgebraus,
In den Kampf, den rühmlichen, zieh' hinaus,
Wo die Fürsten, die mächtigen Herren der Welt,
Gerüstet stehn im offnen Feld,
Um in gerechtem, heil'gem Streit
Zu erproben ihre Tapferkeit;

Wo die Panzer blitzen in ihrer Pracht
Auf weitem Plan, aus des Waldes Nacht,
Und über den Kriegerreihen allen
Die Banner in den Lüften wallen.
Dort folge dann des Führers Gebot,
Ergeben bis in den blut'gen Tod;
Den Platz behaupte felsengleich,
An Worten karg, an Kühnheit reich,
Und dich ganz befehlend in dessen Hut,
Der herrschet über Schrecken und Muth.
Und ohne dessen Kraft und Segen
Du nichts kannst richten auf deinen Wegen.

Bekleidest du eines Hofmanns Würde,
Sei dann des Hofes wahre Zierde;
Und kommen aus der Fremde Gäste,
Empfange liebreich sie aufs beste;
Und ob sich wer mit stolzem Hohn
An ihnen vergeht: von dir, mein Sohn,
Soll ihnen, weil sie unbekannt
Mit Menschen und ihrer Sitt' im Land,
Bei Leibe nichts Schlimmes widerfahren;
Mög'st ihre Ehr' gleich deiner wahren.

Wird dir ein wichtig Amt zu Theil,
Verwalt's zu deines Herren Heil;
Auch derer Wohl ich ans Herz bir lege,

Die dann befohlen deiner Pflege:
Du weißt nicht, ob nicht kommt der Tag,
Wo einst ihr Dank dir frommen mag.
Sei klug und weise, lieber Sohn,
Gerecht auch, wie König Salomon,
Der nicht dem eignen Sinne nach,
Nach dem Gesetz sein Urtheil sprach.
Sei zu erwägen gern bereit
Die weisen Sprüche grauer Zeit,
Und nach althergebrachtem Recht
Richt' über der Gegenwart Geschlecht,
Achtbare Männer versammelnd dazu,
Die rathen mit verständ'ger Ruh',
Daß jeglichem sein Recht gescheh',
Ob hoch er oder niedrig steh'.
Doch walte so, daß die Witwen und Waisen
Als ihren milden Schirmer dich preisen;
Vertreib' die Armen durch scharf Gericht
Von ihrem Grund und Boden nicht,
Leicht abgeurtheilt ist fürwahr,
Wer aller Macht und Hülfe bar;
Du sei nicht hart für fremdes Leid:
Ueber das Recht Barmherzigkeit.

Nun hab' ich mich, dir zu rathen, beflissen
Nach bestem Wissen und Gewissen;
Noch sag' ich dieses Eine bloß,

Damit du ein Ritter tadellos:
Die lieben Frauen sollst du ehren,
Der Schmach, die ihnen drohet, wehren.
Wenn wer von ihnen mit Unglimpf spricht,
Erhebe dich, und duld' es nicht;
Verhalt' ihn, daß vielmehr sein Mund,
Was sie verherrlicht, gebe kund.
Sollst ihnen stets zu Dienste sein,
Dich unermüdlich ihnen weih'n,
Um ihren Dank dir zu erringen,
In ihrer Gunst dich emporzuschwingen.
Glaub' mir, daß von Hunderten nicht ein Mann
Des Tücht'gen etwas leisten kann,
Wenn Lust und Muth und Kraft zum Streben
Nicht Frauen ihm begeisternd geben.
Und wer sich Eine auserkürt,
Die alle Tugend und Anmuth ziert,
Um liebend nach ihrem Besitz zu trachten,
Der ist fürwahr nicht gering zu achten.
Vereint mit ihr durch innig Band,
Für alles Edle durch sie entbrannt,
Hat er zu Roß und Fuß nicht Rast,
Und Gott und die Menschen sein Herz umfaßt.
Sanft wird sein Wesen, das früher wild,
Gleich einem gezähmten Vöglein mild,
Und kein Gedank' an böse That,
Kein Schatten davon ihm jemals naht,

Und kein Schmerz bewältigt ihm die Brust,
Zerstörend seines Himmels Lust.
Drum sollst du ritterlich dienen den Frauen,
Bewahren, was sie dir vertrauen,
Und ehrsam dich bewerben bei allen
Um ihren Dank, ihr Wohlgefallen;
Doch Eine dir die theuerste sei,
Ihr bleibe bis in den Tod getreu.

So thu' denn, Sohn, nach meinen Worten:
Hab' Gott vor Augen aller Orten,
Und nütz' dem Nächsten mit holdem Gemüth,
Doch auch vor Feinden wohl dich hüt',
Denn wisse, bis du Lob gewinnst,
Im Ansehn hoch zu steigen beginnst,
Bleibst du, wie gerecht auch dein Wandel sei,
Von Widersachern gewiß nicht frei.
Noch niemals wer geboren ward,
Der gewesen ohne Gegenpart.
Gott selbst, als er vom Himmel kam,
Den Leib des Menschen an sich nahm,
Er ward geliebt von den Einen zwar,
Doch lästerte ihn der Andren Schaar;
Er ward von ihrem Haß bedroht,
Bis er am Kreuze litt den Tod.
Das konnt' ihn freilich nicht gefährden,
Den Herrn des Himmels und der Erden;

Doch verfolgte ihn der Feinde List,
Nimm du, der du ein Sünder bist,
Um so mehr vor ihnen dich in Acht,
Wo du gehst und stehst, bei Tag und Nacht.
Dies ist, o Sohn, mein Rath, dein Schatz,
Bewahr' ihn auf dem rechten Platz;
Und nun befehl' ich mich deiner Pflege,
Bis ich ins kühle Grab mich lege.

Da sprach der Sohn zu seinem Vater:
Mein Vater du, mein bester Rather,
Nach deines Mundes heil'gem Wort
Will ich mich halten fort und fort;
Will Gott stets über alles lieben,
Will meinen Nächsten nie betrüben,
Will dienen auch den Frauen zart,
Wie's edler Ritter Sitt' und Art,
Und Eine mir die theuerste sei,
Der bleib' ich bis in den Tod getreu.

Der Streit des Wassers mit dem Weine.

Ein frommer Magister der Theologie,
Nach schweren Tagwerks langer Müh',
Nahm etwas zu viel von stärkendem Wein,
Und schlummerte endlich selig ein.
Da schien's ihm, als ob ihn ein Engel faßt',
Und wie eine federleichte Last
Ihn trüge durch der Dünste Flor
Bis in den dritten Himmel empor,
Wo er zuletzt, der Hochverzückte,
Der Wunderdinge viel erblickte.
Er sah auch, wie Wein und Wasser sich
Zerkrieget hatten grimmiglich,
Und wie sie haderten um die Wette,
Welches von ihnen den Vorzug hätte,
Und sich anthaten Schimpf sogar,
Daß schier die Sache zum Lachen war.

Das Wasser in seinem Eifer ruft:
„Bin ich mit Feuer, Erd' und Luft

Nicht etwa das vierte Element,
Woraus die Welt besteht bis an's End'?"
Und streicht sich heraus zu des Weines Spott,
Daß es erschaffen sei von Gott,
Und von dem Geiste geläutert auch,
Der anfangs drob geschwebt als Hauch,
Kurz, daß es vom Urbeginn gewesen,
Zu weit größerer Ehr', als der Wein, erlesen.

Es spricht der Wein: „Mir ist bewußt,
Daß mich alle Leute trinken mit Lust,
Und, wo sie ein Gastmahl richten sollen,
Mich nicht dabei entbehren wollen,
Daß erst das Schlecht're wird aufgesetzt,
Und mit dem Besten gespart bis zuletzt.
Drum hat Gott erst erschaffen d i ch,
Und spät nach dir gebildet m i ch,
Um die Welt zuerst mit dem Schlechten zu netzen,
Und dann mit dem Edleren sie zu letzen,
Daß alle Sünder tränken von mir,
Und schmackhafter würden für und für."

Das Wasser.

Ich aber bin mir deß bewußt,
Daß alles Wohlgeschmackes Lust,
Und was des Herzens Wunsch erregt,
Gott einst in mich hinein gelegt.

Drum trug er selbst nach mir Verlangen,
Als er zum Brunnen kam gegangen,
Und sprach zum Weib, ermüdet sehr:
Weib, lang' mir Wasser zum Trunke her.
Und bekenne, ob mir's nicht gereicht
Zum Ruhme, dem kein and'rer gleicht,
Daß ich mit meiner reinen Welle
Entsprungen des Paradieses Quelle?

Der Wein.

Ich aber weiß, daß meiner Beere
Gezollt wird bei weitem größ're Ehre,
Und daß entquillt aus meinen Reben
Der beste Trank voll Kraft und Leben.
Drum wer in Wein mischt Wasser hinein,
Der schändet frevelhaft den Wein;
Zum Gelächter der Leute dient der Tropf,
Sie sagen: Er ist nicht richtig im Kopf.
Draus sei zum künftigen Frommen belehrt,
Wie es beschaffen mit deinem Werth.

Das Wasser.

Doch kenn' ich Leute in reicher Zahl,
Die sich meiner bedienen allzumal,
Des Wassers sich mit nichten schämen,
Für eine Arzenei es nehmen.
Im Sommer trinken mich die mit Begier,

Und jene waschen den Leib mit mir.
Und steht nicht geschrieben von dem Teich,
Den Engel besucht aus himmlischem Reich,
Daß Alle, die drin gebadet die Glieder,
Von ihrer Krankheit genasen wieder?
Und wie heilsam der Seele die Taufe ist,
Das weiß fürwahr ein jeder Christ.

Der Wein.

Du hast zu prahlen, dich zu erheben,
Mit der Heilkraft, die dir gegeben.
Du Brüh', erbärmlich ohne Gleichen,
Die den Gedärmen bringt Erweichen,
Und in deren trübem Pfützenschmutz
Die Schweine sich wälzen, der Scham zum Trutz!
Da bin doch ich ein andres Wesen!
Macht' ich Timotheus nicht genesen
Herab vom Wirbel bis zur Zeh',
Weil er mäßig mich trank in seinem Weh'?
Drum wer mich genießt mit Mäßigkeit,
In Gesundheitsfülle froh gedeiht.

Das Wasser.

Ward Naman auch gesund durch dich?
Besaß viel Wein doch sicherlich.
Du konnt'st ihm nicht helfen in seinen Leiden,
Nicht eher mochte sein Aussatz scheiden,

Als bis er nach des Propheten Rath
Im Jordan nahm ein erquickend Bad,
In dem holden Fluß, dem wundervollen,
Deß Wellen so schön das Land durchrollen.
Der Wein war's, der ihm Verderben gebracht,
Das Wasser, das ihn gesund gemacht.

Der Wein.

Halt ein mit deinem verwegenen Wort,
Und rühme dich nicht immerfort;
Schwellst doch zur Trommel nur den Bauch,
Wer dich trinkt, der wird zum magren Gauch.
Ich bin's, in dem vereinigt die Kraft
Von allem, was Heil den Menschen schafft.
Des Samaritaners denk' mit Verstand!
Was that er, als er den Wunden fand?
Der lag beraubet, nah' dem Tod,
Verloren scheinend in seiner Noth;
Doch jener wusch ihm mit Wein die Wunden,
Und so vermocht' er zu gesunden.

Das Wasser.

Ist das ein Geschwätze bunt und kraus,
Schon geht fürwahr die Geduld mir aus.
Kannst nicht aufhören, dich zu loben,
Willst immer noch höher sein erhoben,
Und doch hat die Tollheit ihren Beginn

In deinem Saft, du wirrst den Sinn,
Und wer sich durch dich in Flammen fühlt,
Wird nur durch's Wasser abgekühlt.
Auch ist in der Schrift von mir zu lesen:
Am Wasser freu'n sich alle Wesen,
In Bächen und in Strömen durchzieht
Es segnend der Städt' und Länder Gebiet.

Der Wein.

Fahr' immer fort, dich anzupreisen,
Dir selber Ehre zu erweisen,
Zu jeder Zeit wird doch der Wein
Kostbarer als das Wasser sein.
Dich schüttet man schnöd' unter die Bank,
In Gläser mich, als edlen Trank;
In Flaschen, Pokale füllt man mich,
In Töpfe nur und Scherben dich;
Aller Dummheit dienst zum Tranke du,
Den Ochsen, den schnatternden Gänsen dazu;
Der Wein begeistert die Menschenherzen,
Und bannet alle Sorgen und Schmerzen.

Das Wasser.

Doch bin ich im Haus nicht zu entbehren,
Kann ohne mich nichts sein und währen.
Mit mir wird gekocht, wird abgespült,
Manch and'rer Nutzen noch erzielt.

Und die Wälder, die Gärten und die Auen,
Ohne mich, wie wären sie traurig zu schauen!
Ich bin's, das alles belebt und nährt;
Der Wein dagegen alles verzehrt.

Der Wein.

Und dennoch fehlt im Haus das Beste,
Entbehren mich bei Tisch die Gäste.
Noch einmal laß es gesagt dir sein,
Das Fest, es krönt's der edle Wein.
Und wie verlassen wär' die Schenke,
Bot' man nur Wasser dort als Getränke;
Der Wein, der fröhlichmachende Wein,
Der lockt die Gäste zum Wirth hinein.

Das Wasser.

Ich aber des Glaubens Pfort' erschloß,
Als einst Johannes mit mir begoß
Den Herrn und Meister im Jordan dort,
Und so sich erfüllte Prophetenwort.
Aus des Herren Seite floß ich nieder,
Und brachte Heil der Menschheit wieder,
Wusch ab die Welt von ihren Sünden,
Daß sie Vergebung mochte finden,
Und wurde an Ruhm so überreich,
Dem deiner nie und nimmer gleich.

Der Wein.

Bin nicht unwissend in diesen Dingen,
Will auf der Wahrheit Gleis dich bringen.
Es wusch der Herr mit mir, dem Wein,
Die Welt von ihren Sünden rein,
Und nicht mit deiner schmutz'gen Fluth.
Er sprach, mich segnend: Das ist mein Blut.
Ich floß aus seiner Seite nieder,
Und brachte Heil der Menschheit wieder.

Das Wasser.

Es bewährt sich grade das Gegentheil,
Du stiftest Schaden und nicht Heil.
Du machst, daß die Menschen handeln wie Thoren,
Als hätten sie ihr Gehirn verloren,
Und wär' ihr Leib noch so gesund,
Du richtest ihn zuletzt zu Grund.
Ich aber bin die Mutter der Erde,
Nähr' ihrer Wesen gesammte Heerde,
Und verkauft man dich für schnödes Geld,
Umsonst beschenke ich die Welt.

Der Wein.

Es spricht aus dir die Eitelkeit,
Der Stolz, weil man mitunter dich weih't;

Doch schätzt man ein so gewöhnlich Ding,
Wie du bist, in der That gering.
Ich ströme dagegen aus seltnen Beeren
In seltne Gefäße unter Ehren,
Bis ich, als theure Waare zuletzt,
In die Gurgel fließe, die dran sich ergetzt.

Das Wasser.

Ja freilich Mancher nach dir begehrt,
Weil er glaubt, du habest größern Werth.
Du blendest höllisch ihm die Augen,
Daß er nicht mehr sieht, was ihm mag taugen,
Daß er rings alles verkehrt erblickt,
Und ganz bethört wird und verrückt,
Vergißt auf den Nächsten und auf sich,
Am End' auf Gott auch frevenlich.

Der Wein.

Und schaffst denn du so gewalt'ges Heil?
Ich finde gerade das Gegentheil;
Durchbrichst die Dämme, die Felsen in Wuth,
Und verheerst die Welt mit deiner Fluth.
Auch wandelte, wie dir bewußt wird sein,
Der Herr bei der Hochzeit das Wasser in Wein.
Draus kannst du am deutlichsten ersehen
Ob dir's ziemt, dich über mich zu erhöhen.

Das Wasser.

Bist dennoch der ärgste Schadenstifter,
Des Leibes und der Seele Vergifter!
Als Noah einst von dir getrunken,
Wie lag er in wüsten Schlaf versunken,
Daß ihn verlachte der eig'ne Sohn,
Und die Brüder führte herbei zum Hohn!
Und Loth?
 Das trifft des Magisters Ohr,
 Er fährt, fortträumend, im Traum empor.
Ihn überschauert Angst und Bangen,
Das Wasser könnte den Sieg erlangen,
Und verloren könnte, getilget sein
Der Wein, der liebe, köstliche Wein,
Und doch ist, wie auf dem Erdenkreis
Ein jedes kleine Kind schon weiß,
Der Wein, der köstliche, nicht zu haben,
Wie Wasser, in jedem Brunnen und Graben.
Zum Glücke bitten ihn die Beiden,
Er möchte zwischen ihnen entscheiden.
Da sinnt der Magister gedankenschwer,
Er sinnet hin, er sinnet her,
Dem Weine möcht' er Heil erwerben,
Und doch mit dem Wasser es nicht verderben.
Doch endlich spricht er: Geehrte Herr'n,
Ihr wünscht es, und so rath' ich gern.
Der liebe Gott, der alles gemacht,

Hat Wein auch und Wasser hervorgebracht.
Das Wasser ist für den weltlichen Stand,
Der Wein für den geistlichen, das ist bekannt.
Und wie sich keiner von beiden Ständen
Kann ohne den andren drehen und wenden,
Der geistliche Stand und der weltliche Stand,
Gedeih'n nur können in trautem Verband:
Kann ohne Wein auch die Messe nicht sein,
Und Wasser schüttet man zu dem Wein.
So ist's geordnet durch Himmels Walten,
Und wer es anders wollte gestalten,
Der müßte bis in sein Mark hinein
Ein eingefleischter Judas sein.
Das Wasser brauchet man beständig,
Doch ist fürwahr auch der Wein nothwendig;
Drum seid ihr beide zu Ehren erlesen,
Gleich edel an Geburt und Wesen,
Und sollt euch mit einander vergleichen,
Versöhnet, euch die Hände reichen,
Und beide in freundlichem Verein,
Dem, der euch geschaffen, ergeben sein.
So sei denn vermöge der Macht, die ihr,
Gelegt in meine Hände hier,
Zwischen euch, für alle künft'ge Zeit
Gestiftet Fried' und Einigkeit!
Nicht sollt ihr euch mit Wuth befehden,
Nicht Uebles von einander reden,

Und hadern nicht, vom Wahn beirrt,
Ob mehr Wasser, mehr Wein getrunken wird.
Vielleicht, daß Mancher des Weins mehr tränke,
Könnt' er ihn zahlen in der Schenke.
Drum befiehlt das Gott, des Streites satt,
Und jeder trinke, was er hat.

Der Stallmeister und der Schulcandidat.

Es wollte des Zufalls Launigkeit,
Daß in einem Wirthshaus zu gleicher Zeit
Zwei Gesellen zusammen kamen,
Und Platz in der gastlichen Stube nahmen.
Sie grüßten mich, ich war der Dritte,
So setzt' ich mich in ihre Mitte,
Und rief zur Wirthin: „Frau, bringt Bier!"
Um, wie's in der Schenke Brauch und Manier,
Zuzutrinken den Genossen,
Mit ihnen zum Willkomm anzustoßen.
Daß ihr wisset, wie sie ausgeseh'n,
Beschreib' ich vom Kopf sie bis zu den Zeh'n.

Der Eine war noch junger Art,
Hatt' am Kinn noch kein Härchen Bart;
Ein verschossenes Kleid umschlotterte ihn,
Seine Kapuze, die war grün,
Und auch schon abgewetzt genug:
Um die Schultern er eine Tasche trug.

Um Bücher und wohl auch für die Noth
Hinein zu stecken ein Stückchen Brod;
Eine Schreibtafel vom Gürtel hing
Und andres dazu gehörig Ding,
So wie's in unsren Tagen zu schau'n:
Er schien ein Studiosus traun!

Der Zweite, der war ältrer Art,
Er saß und drehte fort am Bart:
Ein kurzer Rock umschloß ihn knapp,
Dem ging die Neuheit freilich ab;
Er that vornehm, wie ein Edelmann,
Reiterhalbstiefel hatt' er an,
Die waren etwas zu groß jedoch,
Und üb'rall ganz, wo noch kein Loch,
So daß hervor die Füße sah'n,
Gewalt'ge Sporen klirrten dran;
Auf dem Kopf saß eine Mütze rund,
Wie man sie häufig schaut itzund;
Vom Herrenhof schien er zu sein,
Hinterm Gürtel steckt' ein Striegel fein.

Der thät nun ganz behaglich sitzen,
Fort blicken auf seine Stiefelspitzen,
Und sprach: „Es ist fürwahr in der Welt
Nicht Einer, der so reich an Geld,
Daß ich es jemals haben wollte,

Wofern ich dem Hof entsagen sollte.
Ist das ein Leben voll herrlicher Freud'
Und Lust und bunter Seligkeit!
Wer es nur einmal verkostet hat,
Wird seines Genießens nimmer satt;
Und wer davon was andres spricht,
Der ist ein lügenhafter Wicht!"
So dresch mit dem Maul er gräuelvoll,
Bis dem Studiosen die Galle schwoll.

Der sagte drauf: „Ich glaub' wohl gern,
Ich weiß auch, daß bei Hof die Herr'n,
Die Ritter dann und alle Reichen,
Ein Leben führen ohne Gleichen.
Doch den Uebrigen geht's jämmerlich,
Und über die Maßen wundert's mich,
Wenn sie's nicht bald zum Ekel bekommen,
Und weg nicht trachten zu ihrem Frommen.
Und euch Stallmeister und Stallknechte,
Euch plagt das Elend erst, das rechte;
Ihr steckt in wahrer Hundenoth,
Daß zehn Mal besser wohl der Tod.
Da lob' ich mir mein Schulfürstenleben!
Es kann in der Welt kein beßres geben.
Wird ein Collega wo angestellt,
Gar manches Stück auch mir zufällt,
Und es ist kein Bissen so zäh' und hart,

Der abgeschmalzen nicht würde zart,
Um dann nach solchem Zubereiten
Erquicklich in meinen Bauch zu gleiten.
Auch gibt's zu trinken im Ueberfluß,
Zu trinken bis zum Ueberdruß,
Manchmal nur Wasser, pur und klar,
Doch dient's der Gesundheit wunderbar.
Und Fleisch und Hühner gibt's die Menge,
Daß der weiteste Magen dafür zu enge;
Und in Fülle das Bier vom Zapfen fließt,
Wenn's wieder einmal Kirchweih' ist.
Doch was blüht euch Stallstriegeln für Heil?
Zum Frühstück wird euch ein Kopfstück zu Theil,
Und euch den Mittagsbraten zu spicken,
Tanzt der Knüttel auf euerm Rücken."

„Ho", fährt der Erste grimm empor,
„Was vernimmt von dir mein staunend Ohr:
Wir würden immerfort geschlagen,
Hätten am Hungertuch zu nagen?
J du abgemagerter, dürrer Range,
Der du selber seufzest im Hungersdrange,
Wie kannst du zu sagen dich vermessen,
Wir Stallmeister hätten nichts zu essen?
Wie sieht's denn bei euch Schulfüchsen aus?
Armselig zieht ihr von Haus zu Haus,
Um euch euer kärgliches Futter,

Brod zu erbetteln und etwas Butter.
Da schenken sie denn ein Schnitzlein euch,
Und jagen euch wieder fort sogleich,
Und bekommt ihr ein Bischen Butter d'rauf,
So jauchzt ihr hoch zum Himmel auf,
Und rennt zur Schul' im Freudenbraus,
Als ging's zu einem Hochzeitschmaus.
Aber da kommt ihr erst recht zu Schaden:
Es passen die ältren Kameraden,
Plündern euch aus, denn sie hungern stark,
Und euch bleibt von allem auch nicht ein — Quark.
Wie geht's da bei uns froh, frei und frisch!
Kaum setzen wir uns um den vollen Tisch,
Bewerfen wir uns mit Brod zum Spaß,
Dessen ist bei uns im Uebermaß.
Und wenn sie auf uns in der Küche vergessen,
So geh' ich selbst und hol' mir zu essen,
Wildpret, und wenn dies nicht, Brei,
Und andre Sachen mancherlei.
Wohl ist oft mein Herr nicht aufgelegt;
Doch, droht er, vom jähen Zorn erregt,
Den Knüttel etwa auf mich zu schwingen,
So weiß ich behende zu entspringen.
Und Abends, da schlüpfen wir aus dem Schloß,
Da geht der wahre Tanz erst los.
Doch euch Schulfüchse, euch Schreibkielritter,
Ich begreif' nicht, wie so euch eure Mütter

5

Gebären konnten zu solcher Noth,
Und euch nicht früher schon gaben den Tod!
Euch jagt man und hetzt man von Ort zu Ort,
Man rippelt und schüttelt euch immerfort,
Und euch zu bewahren vor Uebermuthe,
Zeigt man euch stets die Birkenruthe."

Da ließ der Andre dem Zorn die Zügel
Schießen und rief: „O ihr Stallstriegel,
Die ihr nur lauter Haut und Bein,
Und nicht wachsen könnet und gedeih'n,
Ihr habt ein Recht euch aufzubläh'n,
Uns ehrsame Studiosen zu schmäh'n!
Ist es ja doch in Büchern zu lesen,
Was ihr für erbärmlich elende Wesen!
Einst, liest man, sucht' in die Läng' und Quer',
Ein Herr nach einem Stallknecht sehr;
Doch war ihm keiner recht genug,
Bis sich der Teufel ihm antrug.
Der thät ihm dienen nach seinem Willen,
Genau und pünktlich Alles erfüllen,
Und waren ihm auch oft Prügel beschieden,
Er nahm sie hin, er war's zufrieden.
Doch einst auf der Reis' zog unter Flammen
Und Wind ein Wetter sich zusammen,
Der Regen ergoß sich wie ein Meer,
Daß es schauerlich zu berichten wär',

Und jeder war vom Herzen froh,
Fand er ein Obdach irgendwo.
Da war dem Teufel nicht zum Lachen,
Die Knappen rissen ihm alle Sachen
Vom Leibe, den Mantel und die Kapuz',
Und suchten drin vor dem Wetter Schutz:
So geht es den Stallmeistern allen;
Der Teufel ließ sich auch das gefallen.
Doch endlich erheiterte sich's wieder,
Der Himmel glänzte blau hernieder,
Es lag die Welt gar schön im Kreis,
Und die Sonne schien vom neuen heiß.
Da gaben sie die durchnäßten Kleider
Dem Teufel zurück; doch warfen sie leider
Ihm an den Hals die ihrigen auch,
Daß er steckte, wie in einem Schlauch,
Von dem Pack und seinem Schweiße naß.
Da ward dem Teufel zu viel der Spaß,
Er sprach zum Herrn: Es dient' euch der Teufel
Bisher getreulich ohne Zweifel;
Doch nimmt er jetzt Urlaub, satt der Pein,
Will kein gar so erbärmlicher Teufel sein.
Und sprach's, und war davon in den Winden,
Und nimmer wieder aufzufinden.
Und du willst prahlen stolzgebläht,
Wie gut es euch Stallmeistern geht?
Da hab' ich's anders in meiner Schule,

Sitz' dort, wie auf einem Königsstuhle;
Hab' viel Stadtkinder auch unter mir,
Die ich mit der Ruthe alle regier'.
Und kommt die Faste — süße Zeit,
Da führ' ich ein Leben voll Seligkeit!
Von Dorf ich dann zu Dorfe zieh',
Mich belästigen die Hunde nie,
Sind meinem Stocke unterthan,
Der d'reinschlägt, wagt sich einer heran.
Und wenn mich die Bäuerinnen erblicken,
Welche Freude, welch Entzücken!
Fallen aufs Knie, die Hand mir küssend,
Schlagen an die Brust, in Rührung zerfließend,
Und fragen, womit sie mir könnten dienen:
Ich aber begehre Eier von ihnen.
Da suchen sie in allen Ecken,
Körben, Schränken und Verstecken,
Und ich nehme die Eier und geh' in Ruh',
Nehm' wohl auch eine Henne dazu.
Und kommt auf meinen Pilgerwegen
Eine Gans mir, oder Ent' entgegen,
So nah' ich ihr mit freundlichem Gruß,
Auch sie zur Schule wandern muß;
Der Bauer darf nicht muckſen, sich rühren,
Sonst würd' er ins finstre Loch spazieren.
Ja wir Studiosen und Candidaten,
Wir künft'gen Pröbste und Prälaten,

Frei können wir überall schalten und walten,
Darf uns niemand hindern und halten.
Aber ihr Hungerleiber müßt
Freilich erst sehn, wo's geheuer ist,
Und geht ihr an einem Galgen vorbei,
Euch bekreuzigen mit Scheu,
Da man euch nicht das Kleinste schenkt,
Vielleicht schon morgen ihr selbst dran hängt."

„Ho", rief der Erste, roth im Gesicht,
„Was sagst du da, erzgrober Wicht?
Gelangst zur Platte nimmermehr,
Mit deinem Bauche ohne Schmer!
Mußt dich abplagen freudenleer,
Gehst in schäbigen Kleidern einher –
Denn das ist im Schulmeisterleben
Keine ungewohnte Schande eben –
Und was soll ich, du Geschöpf zum Beklagen,
Was erst von deinem Nachtlager sagen!
Jetzt liegst du auf dem Ofen freilich;
Doch kommt der Winter, grimm und gräulich,
Dann ist dirs noch ein Himmelsvergnügen,
Darfst du nur auf hartem Boden liegen;
Kannst dich nicht behaglich dehnen,
Klapperst, frierend, mit den Zähnen.
Und kaum beginnt der Tag den Lauf,
Da heißt es unerbittlich: Auf!

Mußt die Stube heizen, mußt sie fegen,
Alles fein zu rechte legen,
Rastlos Händ' und Füße regen,
Bis Abends deine Glieder wieder
Auf harten Boden sinken nieder.
Da sollst du sehn, wie ich mich bette!
Weich Stroh ist meine Lagerstätte,
Süß fallen mir die Augen zu,
Und ungestört pfleg' ich der Ruh'.
Wohl schlaf' ich manchmal auch auf Mist,
Doch nur, wenn mein Rock durchregnet ist,
Damit er trocken werde bis früh;
Dann reib' ich ihn aus, und er läßt mir, wie nie.
Die Bursche alle, die unter mir steh'n,
Haben Respect; wo sie mich seh'n,
Mag mich hier oder dorten zeigen,
Grüßen sie mich mit tiefem Neigen.
Die Bauern nehmen vor mir Reißaus,
Auch die Hühner, die mir zum Schmaus
Vor allen Dingen wohlbehagen;
Ich erfasse sie flink beim Kragen.
Trieb einst in meinen jüngern Jahren
Das Kriegshandwerk; doch ließ ich's fahren,
Und danke Gott in meinem Gebet,
Daß er so gnädig mich hat erhöht
Ueber euch Schulfüchse weit
Zur Stallmeistersherrlichkeit.

Bin nun Stallmeister sieben Jahr',
Und es verhieß mir mein Herr sogar,
Zu seinem Schützen mich zu erheben;
Dann führ' ich erst ein fürstlich Leben.
Dann trag' ich keinen Schnappsack mehr,
Geh' mit der Armbrust stolz einher,
In prächt'gen Stiefeln, blank und rein,
Dran gegen dreihundert Häkelein;
Wo ich dann in der Fremde mag erscheinen,
Halten sie mich für der Herren einen.
Siehst du, so weit noch kann ich's bringen,
Was dir, du Windhund, nie wird gelingen,
Denn ihr Schulstaubschlucker insgesammt
Seid auf der Welt zum Elend verdammt."

„Was?" hub der Andre an zu tosen,
„Vergleichst dich mit einem Studiosen,
Du, der heraus muß schleppen den Mist,
Und besser nicht, als er selber, ist?
Du Bengel, nimm darauf Bedacht,
Daß aus uns Bischöfe werden gemacht,
Und so einer hoff' ich auf Erden
Mit Gottes Hülfe auch noch zu werden.
Zum Sanct=Wenzels=Fest ist's nicht mehr lang',
Wo ich die erste Weih' empfang',
Da wird mir auch die Platte geschoren:
Wer mich dann scheel ansieht, ist verloren;

Lad' ihn zu Kuchen ein nach Prag,
Daß er zeitlebens dran denken mag.
Und wenn ich nun im goldnen Ornat
Einherstolziere als Prälat,
Da wirst du, wie ein Kalb, dasteh'n,
Mit großen Augen mich anseh'n,
In deinem abgeschundnen Rock,
An dem der Lücken mehr, als ein Scheck.
Drum laß die Zungendrescherei,
Bedenk', was deine Zukunft sei,
Verding' dich bei einem Bauer, und drisch
Dort lieber mit dem Flegel frisch,
Um als ein ehrlicher Mann zu besteh'n,
Sonst wirst du dem Galgen nicht entgeh'n!"

Nach diesem Studiosenwort
Fuhr der Erste in die Höh' sofort,
Und schrie: „Nicht länger kann ich's ertragen,
Und wär's in der Kirch', müßt' ich d'reinschlagen!
Was, Schlingel? du träumst von hohen Ehren,
Hoffst, daß sie dir die Platte scheren?
Nein, sie stecken dich in einen Sack,
Und ersäufen dich, wie andres Pack.
Willst dich zu einem Prälaten erschwingen?
Zum Schinderknecht höchstens wirst du's bringen,
Wie ihr alle, ihr Candidaten,
Studiosen und Literaten!

Du Galgenschwängel, stell' dich mir,
Daß ich den Beweis handgreiflich führ'!"

Rief's, und streckte die Hand nach ihm;
Der Studiosus voll Ungestüm
Erfaßt' ihn auch mit sehnigen Armen;
So ging's ans Raufen ohn' Erbarmen.
Wollt' einer den andern zu Boden drücken,
Doch wollt' es keinem von Beiden glücken;
Und so zerrten sie sich jämmerlich,
Walkten sich und balgten sich,
Hoben, schoben und bläuten sich,
Daß in der Stube, schütternd die Wand,
Ein wahrer Höllenlärm entstand.
Ich ergetzt' ein Weilchen mich an dem Kampfe,
An dem Gepuffe und Gestampfe,
Begierig zu schauen, wer da siege;
Doch endlich bekam ich's zur Genüge,
Bezahlte, gehend, der Wirthin mein Geld,
Und rief: „Rauft euch, so lang' euch's gefällt!"

Seht ihr, das sind so Wirthshausgeschichten,
Von denen nichts Gutes oft zu berichten,
Besonders, wenn den Gästen das Bier
Gestiegen in das Hauptquartier.
Wohl Mancher gern in die Schenke geht,
Zu erfahren eine Novität,

Davon er dann viel lange Tage
Zu erzählen hat mit bittrer Klage.
Drum rath' ich euch, daß ihr die Nacht
Durchschlafet lieber, als durchwacht,
Und hübsch nach Hause geht bei Zeiten,
Abwartend dort die Neuigkeiten.

Altböhmische Sprüche und Sprüchwörter.

Jedem, was sein,
Dem Hund ein Bein.

———

Alte Sünde
Hat neue Schmach zum Kinde.

———

Der Weise ohne Gefahr und Schrecken
Kann selbst an gift'ger Wolfsmilch lecken.

———

Die beste Schanz'
Der Freunde Kranz.

———

Bleibt in gleicher Lag' der Stein,
Kann er nicht rings bewachsen sein.

———

Ist Bettlermagen noch so satt,
Der Bettelsack nicht zur G'nüge hat.

———

Stopfst du nicht das Loch mit dem Handschuh zu,
Brauchst später den ganzen Mantel du.

———

Wolf wittert für sich selbst so scharf,
Und Stacheln hat Igel zum eignen Bedarf.

———

Macht Geräusch dich zagen,
Darfst nicht in den Wald dich wagen.

———

Soll nicht dein Schuß verloren sein,
Ziel' in den Himmel nicht hinein.

———

Es kommt kein Krebs des Wegs daher,
Wo nicht das Wasser nahe wär'.

———

Um Wasser zu gehen ist zu spat,
Wenn der Krug den Henkel gebrochen hat.

———

Auf Narrenwort
Vernünft'ge Rede nicht am Ort.

———

Im leeren Wald
Dein Pfiff leicht schallt.

———

Ist der Hund oft geprügelt schon,
Brauchst ihm nur mit dem Stock zu droh'n.

———

Brauchst du Kohlen,
Mußt sie aus der Asche holen.

___

Sieh nach im Rücken sein,
Wirst vorn geborgen sein.

___

Bist satt du, wirf nicht das Brod bei Seit';
Ist warm dir, wirf nicht hinweg das Kleid.

___

Wer seine Hände legt zur Ruh',
Schnürt sich die Hände selber zu.

___

Krumm
Ist um;
Grad'
Der kürz're Pfad.

___

Es ist nicht eins — das wohl begreif' —
Ob gestutzt oder ohne Schweif.

___

Gar mancher hat die Gedanken zu Pferd,
Und wärmt sich die Sohlen beim Aschenherd.

___

In marschirenden Fußvolks Reih'n
Misch' dich nicht tölpelhaft hinein.

___

Ist schlimm der Hund,
Mißgönnt er fremdem Mund
Und selbst dem eignen Schlund.

———

Gewand, das fremd,
Wie Panzerhemd.

———

Lobst's immer, wie schön's in der Fremde sei,
Und bleibst doch immer zu Haus dabei.

———

Lädt einer auf, zwei ab dafür,
Füllt sich der Wagen schwerlich dir.

———

Wer nicht der Plage los will sein,
Der steh' für einen andern ein.

———

Wer selbst gern hinterm Ofen sich dehnt,
Leicht auch der andern dahinter wähnt.

———

Wo Kuchen im Haus,
Gehn Freunde ein und aus.

———

Nicht eher ans Jubeln und Pfeifen denke,
Als bis du heimgehst aus der Schenke.

———

Wo die Gelte, dort zum Biere;
Wo Geläute, dort zur Kirche;

Wo zu Mittag, dort ein Schmätzchen,
Und des Abends das wahre Schätzchen.

―――――

Drum greift zur Zange des Schmiedes Hand,
Daß sie vom Feuer nicht sei verbrannt.

―――――

Lehr' deine Kinder Kohlen nagen,
Mir schaffen die Kuchen mehr Behagen.

―――――

Den Esel führ' bis nach Paris,
Es wird aus ihm kein Gaul gewiß.

―――――

Laß deine Hunde sich beißen und raufen,
Mischt nur kein Fremder sich in den Haufen.

―――――

Wer bald als Herr sich brüsten möcht',
Bleibt lange Zeit ein bloßer Knecht.

―――――

Auf einen zwei:
Ein Herr sammt Roß;
Auf einen drei:
Ein Heer sammt Troß.

―――――

Neue zu der alten Noth:
Ein schlimmes Weib zum trocknen Brod —
Und wer es sich einmal angefreit,
Seine Noth währt alle Lebenszeit.

―――――

Noth kennt nicht Scherz,
Hat weder Schwester= noch Bruderherz.

———

Von fremdem Roß sitz' ab sogleich,
Wär's mitten in des Meeres Reich.

———

Lern' jung aus freiem Willen ertragen,
Leid'st wider Willen nicht in alten Tagen.

———

Auch der Haushahn ist
Kampffertig auf seinem Mist.

———

Ziehst du den Dorn aus fremder Wunde,
Schau', daß er nicht dich selbst verwunde.

———

Die Mäuler zu stopfen allen Leuten,
Gäb's viele Leinwand zu bereiten.

———

Und sei die Kuh auch noch so groß,
War doch zuerst ein Kuhkalb bloß.

———

Thu' dazu, und sei nicht faul,
Krippe kommt nicht hin zum Gaul.

———

Altes Gut hinter rostigem Schloß
Macht neuen Adel mit blankem Troß.

———

Die Vögel bröt sich der zum Schmaus,
Der zuerst sie holt aus dem Nest heraus.

―――

Auf weicher Flocke liegen
Die Hunde mit Vergnügen.

―――

Wo alles in Stücken,
Ist nichts zu flicken.

―――

Das Aug', wo die Gunst;
Die Hand, wo der Schmerz;
Und wo Schätzchen, das Herz.

―――

Das merk' fein gut:
Trinkst du, vertrink' nicht den frohen Muth.

―――

In der Kirche gebetet vom Herzensgrund,
Im Bade gesorgt, daß der Leib gesund.

―――

Wer mit dem Seinen zu Ende ist,
Zu spät, daß er jeden Tropfen mißt.

―――

Kuh, die viel brüllt,
Von Milch nicht quillt.

―――

Legst du in's grüne Gras dich nieder,
Nimm dort vor Schlangen in Acht die Glieder.

―――

Kauf' den Gaul, soll er was taugen,
Nicht mit den Ohren, sondern mit den Augen.

———

Wen aus dem Hause sie weisen in's Weite,
Die Krähen mit Krächzen ihm geben s' Geleite.

———

In klappernder Mühl'
Erspar' dir s' Geigenspiel.

———

Verspricht dir wer zum Dank ein Schwein,
Hol' gleich den Sack, und thu's hinein.

———

Bei dem, der satt,
Der Hungrige nicht Glauben hat.

———

Dem Gaule taugt ein Haferfeld,
Den Helden macht der Hopfen, den Herren das Geld.

———

Wohlfeiles Fleisch verschlücken
Die Hunde mit Entzücken.

———

Fäll' deinen Spruch stets so in der Parteien Kriege,
Daß satt der Wolf, und unversehrt die Ziege.

———

Ein schlechter Balg, wie oft gedreht,
Gibt keinen Pelz, der für was steht.

———

Wer sich um Frembes verzehrt,
Mißkennt des Eignen Werth.

Liebt ein Hund Gekeif, Gekneif,
Bellt er auf den eignen Schweif.

Treibst du in Sümpfen dich umher,
Bekommst den Kopf du fieberschwer.

Wer selbst sich aufzuspielen vermag,
Kann selbst sich vergnügen jeglichen Tag.

Druck von J. B. Hirschfeld in Leipzig.